ハコベの唱（うた）

西山光子詩集
Nishiyama Mitsuko

澪標

西山光子詩集　ハコベの唱（うた）　目次

コロナ下を生きて

思い起こせば

装幀　森本良成

コロナ下を生きて

彼岸

蕾がふくらんで
満開はもうすぐ
花の樹を背にした墓石

真っ青な空に一羽の鳥
悠々と舞う
いい天気だ

見えない敵に怯え
ふりまわされて
もうごめんだね

こんな春の訪れを
誰が予想しただろう
今日は彼岸の中日

ため息ついて
そっと合掌
南無阿弥陀仏

異形（いぎょう）の春

帽子を目深にかぶり
サングラスをかけ
大判のマスクで口もとを覆い
毎日散歩

すれ違う人はみな黙って
たがいを避け合い
挨拶もしないで
足早に

白いマスク
黒いマスク

花柄のマスク
マスク　マスクばかりが花盛り

コロナ美人だって
マスクファッションだって
わびしいね
ふざけるなよ

並木の若葉が
異形の春を眺めている
みどりの風に
いつもながらに揺れながら

うつつとは

うつつとは
生きている状態、目が覚めている状態、現実

目覚める
窓を開ける
風を呼ぶ
朝露の庭
草木の匂い
いつもと同じ
昨日も今朝も
いつもと同じ
新型コロナウイルスなんて

夢のなかの事ではないか
今日も穏やかな一日が
待っているではないか

聞こえる
聞こえる
「こちらは岸和田市役所です
新型コロナウイルス感染拡大防止の為
不要不急の外出をお控え下さるよう
ご協力をお願いします」

ああ
やっぱりこれが現実だ

春爛漫

土の匂いが
みずみずしくて
ハコベやオオイヌフグリ
雑草の匂いが
やさしくて
這い出るミミズも
かわいくて
わたしにも
こんなこころがあったのかと
空をあおいで涙ぐむ
チューリップが
咲きそろい

自然がくれるメッセージは
変わらない
春爛漫
春爛漫
というのに
凍りつく
ヒトの営み

これは…

例会もコーラスも
ふれあい活動も
みんなみんな
中止延期のそろい踏み
終日家に閉じこもり
嘆いていても日は過ぎる

おや　棚の隅から手招きする
『熊沢友雄（賢徳）日記（1）』
市史の研究会で頂いたまま
埃を払ってページを繰る
編者Y氏の際立つお姿

優しい笑顔が懐かしい

天保二年から明治二十八年の存命
岸和田藩士の赤裸々な記録
殿様に仕える喜びや気苦労
慎ましい暮らしの明け暮れ
激動の維新を乗り越えた英知
賢者の声が聞こえてくる

新型コロナウイルス
感染の怖れが付きまとい
先の見えない苛立ち　でも
来る日来る日に招いてくれる
両手に溢れる至福の時間
これは…

二〇二〇年新涼にたたずむ

東京オリンピック二〇二〇年開催が決定〝おもてなし〟が合言葉になって国じゅうが湧いた　義父（ちち）林蔵が六十五歳で彼岸に去り五十回忌を迎えるのも同じ年八月で　以来この年は特別の思いとなり　今その真ん中にいる　オリンピックは新型コロナウイルスに翻弄されたが年忌法要を無事終えて　九月はじめ相変わらずの厳しい残暑の続く日々

訪れた洞川龍泉寺　真昼の庫裡の入り口に赤い小さな長靴が一足　澄んだ泉水はくっきり青い空と白い雲を映し　あきあかねの群れが高く低く水面に影を撒いている

大峰の山　義父は白い行者装束一式を詰めた袋を肩に　錫杖を手に春

秋の季節きまってお山に向かった　行者宿に泊まり　龍泉寺で願をかけて六根清浄　生き甲斐のひとつだった

出立ちの朝　義母（はは）はいつも繰り返し言った「陀羅尼助忘れんと頼んます」背をポンと叩いて「一路平安　しっかりお参りしてきなはれ　怪我せんように気ぃつけて行きよし」と

錫杖を振ってチンと鳴らすセレモニー　薬局の角を曲がり見えなくなるまで見送った　家の中は急にひっそりとして広くなった
そっと触れてみた引敷の温かさは記憶のしおり

洞川〝どろがわ〟いつかは行ってみたいと思い続けてきた夢がやっと叶った　お山は女人禁制　行者還トンネルを抜けると山また山の懐深く　奥駆けの道が紀州熊野まで続く

大峰の霊気を集めた水は肌を刺すほどに冷たくて　そっと手を浸しながら祈る　父母義父母　兄姉　師や友よ　数多の霊よ　安らかに眠れと静謐の時にたたずむ
やがて秋本番　法螺貝の音が威勢よく響き渡るだろうな
お山は凛と応えるだろうな

＊陀羅尼助（だらにすけ＝吉野特産の整腸剤）
＊引敷（ひっしき＝鹿皮などで作った腰当て）

メジロ

ＣＴ検査のトンネルに身を置いて
荒涼の雪原をとぼとぼ歩く
自粛生活の功罪はさまざまにもう三年目
コロナ禍に生きている

ウクライナの春も遠くに去り
世界はもうガタガタ
地球の耳鳴り　不眠　肩凝り
ドクドク黒い血が

心の内にも伝わって
不眠症に悩み　血圧上昇

ストレスに揺さぶられる日々
ん?どうすればいいのか

日ごと　寒さの緩みはじめた朝
満開の梅一枝にメジロのつがい
赤い椿の枝にも　つがいが
仲良くチイチュチイ　チイチイ

翌朝もその次も次も
後になり先になりやって来て
荒涼の雪原は少しずつ溶けはじめ
黄緑の絨毯が広がっていく

ときには蜜柑や柿の実を小枝に挿して
さあ召しあがれ　プレゼントだよ
おや　くるりぶら下がり啄んでいる

気楽だな　でも精一杯生きてるね

黄色い花も咲き満ちて
綿毛がさらっていく一粒一粒
自　律　神　経　失　調　症
もう帰って来ないでと祈る

梅も椿も花を落とし
やがてメジロも姿を消した
あれ　低空を二羽三羽
浅い春の幻か

安息の場所

インバウンド　パンデミック　ロックダウン
クラスター　ソーシャルディスタンス
フェイスシールド　リモート
ＧＯＴＯトラベル　イートキャンペーン
テイクアウトＰＲチャレンジ
インテグレーテッドリゾート
クラウドファンディングチャレンジ
ウィズコロナ

ムキシツナコトバノナミニウキシズム

安らぎの場所を求めて

言葉の港に身を寄せる

秋めく　白露　初月夜　菊酒
草紅葉　錦秋　秋寂ぶ　晩稲
秋時雨　紅葉狩り　そぞろ寒
芦刈　野分　秋思　釣瓶落し

温雅な薫りに包まれて
安息のページを繰る幸せ
この国に生まれてよかった
と

返信

水は光を受けてキラキラ跳ねています
タラの木の棘には新芽がいっぱい
枝から枝へヒワの群れが渡り
ハウスの中ではスイカの苗の準備
池にはオタマジャクシもそろそろでしょう
今年こそ会いたいね
と青春時代の友から

お城　池の堤　中央公園　みな花盛りです
背を押す風はほっこり心地いいですよ
ウォーキングや卓球がんばっています
不器用な手でマスクも縫ってみました

リモート　オンライン　体験も少し
何冊か読んでいるけれど心が通わないのです
沢山の時間を埋めるものは一杯あるのに
やっぱり異形の暮らしです
待っています　会える日を
ものみな立ち上がる春が来ることを
そのときは
髪を染め　ドレスの裾をなびかせて
思いきりおしゃべりしましょう
飲みましょう
歌いましょう
と　弾む指でキーを打つ

春がきた
春がきた
口ずさみながら

もっともっと

久方ぶりの再開
やあ　やあ　あら　あら
元気でよかった　よかった
また皆で歌えるね
ホールが弾む

もう退こうか
歳も歳　声もかすれて
いつまでも歌えるなんて夢の夢
退け際って今がチャンスかな
と　心の内ではね

歌う　歌おう
緩急自在　情熱の人
小柄な体が大きく伸びる
九十二歳のタクトに
退きます　なんて言えないな

マスク越しの発声
力みなぎるその響き
歌え　歌え　こみ上げる歓びに
心のメモはへなへなと
しぼんでいく

風が桜の花びらを散らす
春がそれだけ弱まってくる
ひとひらひとひら舞い落ちるたびに
人は　見えない時間に吹かれている

「心の四季」のハーモニー

窓から窓へわたる風
樹々の緑は夏もよう
もうちょっとだけ　いや　もっともっと
この　歓びを

思い起こせば

あの時代（1）

水の輪がポツポツ
生まれて消えて

紫の蛇の目傘
ポンポン跳ねるしずく
赤い傘もゆれる
ピッチピッチ
チャップチャップ
長靴も跳ねる

土橋を渡る
母さんといっしょ

記憶の空
しぐれ空

（2）

すだれ
ふうりん
打ち水の庭
やつでの葉裏にオニヤンマ
蚊取り線香の渦巻き
囲むちゃぶ台
真ん中に大きなそーめん鉢
かち割りが溶けていく
浴衣姿の父さんは
グラスに赤玉を
白い割烹着の母さんは
立ったり座ったり忙しく

父さん
母さん
お姉ちゃん
わたしと
よちよち歩きの妹
若い家族の弾む声
暮れかけて
外を行く人の
カッコカッコ
駒下駄の唄

（3）

あの町が燃えた
和泉山脈越しに見る真っ赤な空
美しいとさえ思ったその炎の下
少年は母とはぐれてただひとり
炸裂する焼夷弾の降るなか
逃げ惑う群にはじかれながら
焼け焦げる道を走った
教科書
鞄
制服
制帽
机

何もかも失って体ひとつ
紀の川の堤に辿り着いた
悠々と流れる水辺で
母は少年を抱きしめた
昭和二十年七月のこと
わが夫よ

(4)

終着の青森駅は暗くて蒸し暑い
列車を降りて一斉に走り出す人びと
大きな荷を背負い
両手に抱える包み
長い長いプラットフォームを走る
無言で走る　ただ走る
その先に待つ連絡船
急ぐ用もない私は最後尾を行く
吸い込まれていく人たちを追う
ドラが鳴る
デッキに立つ
冴える星々

髪を撫でる風
遠ざかる本州の灯
父母の心配をよそに
姉はなぜ
遥かな地に嫁いだのだろう
彼の人に攫われるように
愛ってなんだろう
幸せだろうか
想いさまざまに
訪ねる町は遠い
海峡を越えてもまだ遠い
汽笛が細く尾をひいて
昭和三十二年の夏
なつかしい
おとぎばなし
のように

旅の記憶

ウエンゲンにて

スイスアルプスの麓
爽やかな風に誘われ
トレッキングを楽しんで
ウエンゲンへ
グリンデルワルトが太陽の町ならば
ここは日陰の村と言えましょう
でもね
丘のホテルからの景色は満点だよ
真下に見るラウターブルネンのU字谷
谷間に建つ教会や民家　流れ落ちる滝
遥か山の頂きに臥せっている　あれは
ミューレンの集落

夜のロビーは
登山客や観光の人びとの談笑
やがて一人去り二人去り
ここから始まるしっとりした時間
白髪のピアニストが
ゆっくり弾き始める曲
それぞれにステップを楽しむひと時
リクエストして「Memory」を
歌ったのよ
♪メモリー　仰ぎ見て月を
　思い出をたどり
　歩いて行けば
　出会えるは
　幸せの姿に
　新しい　いのちに♪

共に口ずさみ
やがて静かに
GOOD NIGHT！
輝いていたあの頃

シヨンの囚人

雪を頂いた山々は遠く
レマン湖のほとり　シヨン城

歴史は遠く十三世紀の頃から
古い石畳　剥き出しの土の牢獄

マリア様　愛した女　乱れた文字
囚人の遺した絵や言葉がそのままに

獄舎の柱　五番目に繋がれたのは
十六世紀半ばの貴族、宗教家

ジュネーブ独立の夢が叶わず
ここに囚われていたヴォニバール

時代は移り　訪れた詩人バイロンは
彼を愛おしみ　五番目の柱を悲しみ

叙事詩『シヨンの囚人』を書き上げ
世に出して称賛を浴びた

そして自ら三番目の柱に刻んだ
「ＢＹＲＯＮ」と　今に残る

城の故事もそこそこに聞き流し
観光客の嬌声が土牢に響く

あれが「ＢＹＲＯＮ」だと頭越しで

三番目の柱にフラッシュの波
湖はどこまでも青くなめらかで
影を落とす古城は一枚の絵

旅のアルバムから立ち上がる
六十四歳の夏

追憶

夏越しの祓

茅の輪くぐりに参りましょう
毎年誘ってくれた
ふたり並んで神妙に
手を合わせ一二の三
心鎮めて輪をくぐる
輪の向こうに
いつも虹が輝いていた
頑張ります
無病息災頼みます

「六月三十日は夏越しの祓です
どうぞ茅の輪をおくぐりください

厄除けを祈りましょう」

今年も届いた案内状
あなたはいない
虹の橋を渡っていった
蓮の花咲く浄土で
祓を受けているのだろうか
わたしを置いて
急いでいった
ひとりではくぐれない
遠ざかる茅の輪

秋のしずく

ひぐらしに季節の声を聞いていた昼下がり
届いた同窓会会報は華やかな記事満載
が　最終のページで再会した君は黒い枠の中
あれは四年前の秋なかば
福王寺のバス停から仁和寺の裏道を
重なる落ち葉を踏みしめて歩いた
木立ちの中にひっそりと佇む甍

ここが陽明文庫
平安中期藤原道長全盛の時代を中心に
数万点に及ぶ国宝級の品が収められている
中でも「御堂関白日記」の自筆本

源氏物語や枕草子のモデルが書かれているとか
来年には特別展が開催される予定だよ
案内するからね
きっといい勉強になるから
ところで散文的な世界にいる者にとってはね
詩的な文章に接すると何かしら新鮮さを感じるよ

熱っぽい語りは変わらず　約束をしたけれど
コロナ蔓延　緊急事態宣言　各種催し物中止
外出自粛　おかげで金縛りの毎日
期待の色も薄くなり　遠ざかる日々の節々
なお忘れずにきた夢が　崩れて行く音が
君も式部も少納言も秋のしずくとなり落ちて
宇多野の山道の記憶だけが歩き続ける

やまももの木

やまももの木

傘のように枝を広げ　葉は少し鬱陶しい暗緑色をしています
公園の散歩道　ＡコースにもＢコースにも沢山茂っています
コースの合流点にひときわ大きな一本　あなたはいつも立ち
止まり　親しげな眼差しで思い出に耽ります

中学から高校までの六年間南紀の田舎で暮らした　ちょう
ど今頃は田の草取りで　休みの日は朝早くから家族総出だ
一服のとき僕らはそばに植わっているこの木の実をつまむ
甘酸っぱくてね　口のまわりが赤くなって皆で笑った　暖
かい紀州には多く自生していて本当に何かと役に立ったよ
冬が来る前には山に入って柴の束を作る　十束だ　やまも
もの枝は柔らかくて切りやすい　切り過ぎてよく叱られた

幹の皮をそいで天日に干して粉々に砕いて釜で煮る　その
煮汁で漁網を染める　茶褐色で塩水に強くてね　色が剥げ
てくると何度も何度も染めなおす　下草の笹を刈ると窪地
が出来る　日だまりで暖かく静かで恰好の居場所になる
〈赤尾の豆単〉とり出して受験勉強だ　夢中で覚えたよ　貧
しきを憂えず等しからざるを憂う　この木のおかげもあっ
て野性味たっぷりのいい時代だった

楽しそうに聞かせてくれるのです　いい思い出だよと何度も
小さな実を見上げます　ふと下を見ると　しろつめ草の群生
です　この公園はもと競馬場でした　幼い頃家族で遠出の散
歩をした所です　柵で囲われた広い競馬場を眺めながら両手
にいっぱいこの花を摘んだよ　お馬さんも見たよ　ふるえる
ような懐かしさ　声には出さずあの頃をふくらませます

違った次元の思い出は　平行線をたどりながらも何かしら満

ちてくるものがあるような　繋がっているようなな　大きく太
い一本のやまももの木　実が熟するのはもうすぐです
花言葉は「ただひとりを愛する」とか

点描

広い道を隔てた丘の上　桜木越しに見える校舎
こちらには開店間もない大型スーパー

お気に入りのバナナ　佃煮　煮豆　メロンパン
鮮度のよいレタス　日本酒など

かご一杯の品をのせたショッピングカートを
慣れた手つきで押していくのは

紺色の野球帽　赤いジャケット　白いスニーカー
前かがみでゆっくりゆっくりと

昼下がりの駐車場は広く　初冬の空は澄みわたり

見え隠れする校舎の棟にも柔らかい陽ざし
そう　あの学び舎はあなたの初めての赴任校
溢れる青春を謳歌したことでしょう

帽子の下からはみ出た白髪　前を見つめて
カタカタカタカタ　無邪気な子どものように

愛しいね　抱きしめたい二人のあなた
過ぎ去った時の流れが今　逆さまにひたひたと

バナナもお酒もメロンパンも　ほどよく揺れて
これでいいのだよ　幸せだよと

それは
ある日の午後　ほんの数分の詩（うた）でありました

START AFRESH！

二〇二三年四月二日は
ジャパンマスターズ大会開催日
ふるさと和歌山での初大会です
年明けからこの日を指折り数え
参加証を何度もなぞりながら
九十歳は僕一人だと胸をはり
待ち望んでいました

四月一日は孫娘の結婚披露宴でした
コロナ禍でのびていた華の宴
元気一杯　祝杯を楽しんでいました
が　その夜　腰に激痛が走りました

数日前プールサイドで滑ったのが
悪かったとポツリ
大会参加は棄権！

いつかは訪れるシーンだと何となく
思う日々の繋がりだったけれど
晴れの日と背中合わせのこの日とは
「父さん　頼むからもう泳ぐな
　ここまで頑張って来れて幸せだよ
　メダルはもう要らない」
家族のため息　懇願

十二年前　プールで救われたいのち
その恩を忘れてはいないはず
快復の灯は遠く　あと三か月とも
整形外科通いが続く口惜しさ

でもね　二人でSTART AFRESH！
再出発の一歩だよと　叫びます
輝く若葉に　流れる雲に

卒寿からの一歩

三か月の通院は今日で終わります
これからもスポーツ続けたいです
どんなスポーツかね？
はい　泳ぎたいです
ならん　泳ぎはダメだよ
水泳は一番良くないね
飾り棚に並んだ金銀メダルも

箱に一杯の銅メダルも
今　一斉にざわめいて口々に

悔しいね
残念だな
　俺の世も終わったな

さあ　卒寿からの一歩
明日からはどう生きる?
あなた色の花を見つけましょう
しっかり歩ける日が来れば
外の空気を思いっきり吸って
お洒落な喫茶店の窓際の席
二人でホットココアを
ね

晩秋

あ、
雪虫だ
あと十日もすれば雪が降る

ドアの隙間から入ってきた数匹
コーヒーカップの受け皿に
小さな体が

目で追いながら
ついさっき見舞ったばかりの
ひろ子を想い浮かべた

今は亡き母と同じ眼差しで
わたしをじっと見ていた
もの言われぬままに

かすかに動く口もと
細く開いた目からひとすじの涙
そっと拭うと温かい

頑張るのよ　また来るから
細い腕の温もりが
切ない

街の黄葉紅葉
共に歩いた並木道は
あの日と変わっていないのに

不意に突きあげる激情
わたしは雪虫を一匹ひねった
三ミリにも満たないいのちを

稲妻

激しい雷雨で空港は一時閉鎖
発着便の乱れで
絶えず入れ替わるゲートの案内
全ての騒音を聞き流しながら
妹よ
あなたのことばかり想っていた
もう会えないかも知れない
もっともっとそばに居てあげたかった
介護する彼の柔らかな眼差し
どんな言葉も簡単には言えなかった
ただ黙って胸の内で呟くだけ
会えてよかった　でも　でも

もっと早く来ればよかった
せめてひと言でもいい
通じあう時に

定刻遅れの最終便は
苫小牧の夜景をま下にして高度を上げ
後悔と僅かの安堵を道連れにしたまんま
ほどなく暗闇の界に
はるか下方で平らかに光るもの
ハンカチをパッパッとはたくように
機上から見る青い閃光
幾度かのこの空路で
初めて見る宙からの稲妻
美しいなあ
やがて穏やかな飛行が続き
満天の星空に誓った

赤やオレンジ色の毛糸で
温かい靴下を編んで
早く早くあなたに贈ろうと

叙勲

知らせを受けたその時　背筋が伸びました
彼岸の義母キクさん　あなたの姿が現れました　懐かしく…

一歳の児をおんぶして　四歳の児の手をひいていつも明るく元気で幼稚園バスの送迎に頑張ってくださいました

若いお母さん達とも仲良しで　雨の日も風の日も暑い日も寒い日も　今も懐かしいあなたのねんねこ半纏の姿

重責で挫けそうな時も　もう辞めたいと気弱になって涙する時も　同じ言葉で励ましてくださいました

「これからは女も自立せんとあかん　選んだ道はやり遂げなはれ　わたしはなあ　空襲で何もかも焼けて丸裸から必死で生きてきたぇ　なんの資格ものうて…まだまだ元気やから任せとき子どもはすぐ大きくなる　病気せんようにだけ気ぃつけましょ」

戦火をくぐり今を頑張るあなたに逆らうものは何もありません沢山の励ましに背を押され　児と共にわたしも育ちました

さりげない数多の思い出　手を合わせて無言で語りかけます戴いた胡蝶蘭の白　薔薇の赤　花籠を前にして　たとえばばあちゃんの昼飯はいつも目玉焼きだったと懐かし気にフライパンを傾けていた児は定年　花嫁の父となりました　なんて

キクさん　わたしはもうあなたの歳をいくつもいくつも超えました。人生の嬉しい贈りものに万感の想いで有難うとお礼を

ハコベの唱(うた)

ハコベの唱（うた）

春は北向きの小さな庭にもやってきた
根付いた一本の茎から四方八方
土を這う小さな葉　白い花
緑の香りもさりげなく
でもね

チューリップはまだ眠っているんだよ
やがて彼女たちが目覚める朝
そんなに土を覆っていたら
困るじゃないか
さあ　退いた退いた

そのとき小さな声を聞いた

「お願い　もうちょっとだけ
このままにしておいて
わたしたちにも
いのちがあるのです」

あちらからこちらから寄せてくる囁き
手が指が動かなくなった
「そうだね　そうだね
ほんとにそうだね
じゃあ　ね」

北向きの小さな庭にやって来た春も
「うんうん　聞こえるよ」
うなずきながら
なにも言わないで
足踏みしている

つゆ草のみずいろ

朝つゆを
たっぷり含んで
潤いのみずいろ

白いハンカチを
みずいろに染める
Tと描いたつもり

にじみ出て
みずいろの十字架に
なんだか胸さわぎ

ラインを送る
お元気ですか
トランペット吹いてますか

メロデイが届く
♪威風堂々♪
元気だよ

よかった！
つゆ草のみずいろ
わたしも染まる

虹

ノルディックウォーキングの夕方
にわか雨
急ぐ道の傍らに
桔梗の花一鉢
冴えざえと

雨が上がった
虹が出た
建て込んだ住宅の屋根の向こうに
バームクーヘンの一片の
ような

きれいやなあ
眺める間もなく
すぐ消えた
なんだか嬉しくなって
ほっこり

思い出した
北の原野で仰いだ
円環を描いた大きな虹を
あれは
いつのこと

白い月

指先を絡ませながら
押し絵でウサギを作っている
昨夜の天体ショーを心に
描きながら

大宇宙のロマン
皆既月食と天王星の惑星食
四四二年ぶりの共演に
巡り合えた喜び

あの月は赤銅色の
ヴェールに覆われて

ゆらり大きくて
いつもの姿ではなかった

赤いガラス玉をはめ込むと
キラキラ目いっぱい
今にも跳ね出しそうで
じっと夜空を

今宵の月は
望月か十六夜か
ヴェールを脱いだその肌の
なんと白いこと

宇宙の使者が伝える
次の皆既月食と土星の惑星食
共演は三二二年後だと

無窮の彼方の物語

ウサギよ跳んで行け
なんの欲もなさそうで
控えめに輝くあの
白い月まで

移ろい

耳を傾けてごらん
庭のすみっこで
こおろぎの音色
たしか
去年は聞けなかった
うれしいね

見てごらん
行く雲の姿を
早秋の空に
描くアートを
ぼってり入道さんは

どこへ

跳んでごらん
色づき始めた田の上を
蝗（イナゴ）にも飛蝗（バッタ）にも
会えないが
わたる風に髪を委ね
ふうわりと

クリアしたよ
異常気象の酷暑を
汗にまみれて
二人三脚で
リズムに乗ったり
もつれたり

生きるって
強靭なエネルギーの塊
重ねてきた歳に鞭を打ち
心の深淵に佇み叫ぶ
まだまだ元気だよ
と

さくら

さくら
さくら

満開のさくら
散りゆくさくら

校庭のさくら
お城のさくら
墓苑のさくら

幾年月の
出会いと別れ

胸に秘め

今では
あの人この人
追慕に潤み

友よ
聞いておくれ
かの歌を

直太朗のさくら
サライのさくら
古謡のさくら

さくら
さくら

花嫁

バージンロードを　一歩一歩踏みしめて
父と娘の絆が　より強く

息子よ　孫よ
おめでとう

共白髪の　二人も今
清らかなロードに　立つ想いだ

ごらん　鐘の音に
窓辺のさくら　咲き満ちて

あとがき

二〇二〇年二月末、私は例年通り三月初めに催されるふれあい会の「ひな祭りの集い」に向けて皆で歌う歌集を整え、ほっとしていました。が、集いは中止。コロナウイルス感染との闘いの始まりです。繰り返される〝非常事態宣言〟　生活スタイルが大きく変わり今日に至ります。内省の日々は行く末を思う事よりも、歩んできた長い道程を懐かしむ気持ちが強く、暮らしの折々を書き留めてきました。閉塞感の中にあって倉橋健一氏を師とする「詩の教室」は継続され、教室生の一人として言葉を慈しみ表現する場を頂いたのは大きな喜びです。この間、所属する団体や詩誌などに載せた作品の再度の推敲も含め、収めました。

ご指導頂いた倉橋健一氏、「詩の教室」の個性豊かな友、教室運営の母体「図書館友の会」の皆様、図書館関係の皆様、出版にご尽力下さった「澪標」の松村信人様、装丁をお引き受け下さった森本良成様を始め、多くの方々に厚く御礼申し上げます。

二〇二四年　三月吉日

西山光子

西山光子（にしやま みつこ）

1934年岸和田市生
岸和田市立図書館「詩の教室」所属
『草束』同人
2000年第一詩集『歩きましょう』（澪標）
2010年第二詩集『惜春』（澪標）
2019年第三詩集『朝の化粧』（澪標）
日本詩人クラブ会員

現住所　〒596-0827 岸和田市上松町358-35

ハコべの唱（うた）

二〇二四年三月三十一日発行

著　者　西山光子
発行者　松村信人
発行所　澪　標
大阪市中央区内平野町二-三-十一-二〇二
TEL　〇六-六九四四-〇八六九
FAX　〇六-六九四四-〇六〇〇
振替　〇〇九七〇-三-七二五〇六
印刷製本　亜細亜印刷株式会社
DTP　さいけい舎